블러드
레인!

블러드
레인!

2

민 글
백승훈 그림

사장님. 뭐하세요?

아니야.
어디 가려고?

머리 드라이만
하고 오려고요.

근데요. 그 두 사람
위험한 거 아니에요?

위험하다고?

우리의 힘을 분산시키며 넓히는 세력은
진짜 세력이라고 할 수 없어.

흠…

뭐가 흠이야? 영감처럼.
자, 그럼 관점을 바꿔서 하노이파를 생각해보자.

마 씨가 마작회 털렸다고
동네방네 소문내고 다닐 거 아냐?
그럼 하노이파가 보기에 단 두 명한테 털린
마작회가 우습게 보이겠지?

하노이파가 마작회를
공격할 것이다…
그런 논리입니까?

그럼 마작회가
하노이파에 부서지면 우리를
찾아온단 말입니까?

두 단체는 상권이 겹친다.
머리가 있다면 기회를
놓치진 않겠지.

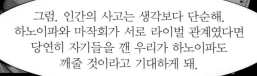

그럼. 인간의 사고는 생각보다 단순해.
하노이파와 마작회가 서로 라이벌 관계였다면
당연히 자기들을 깬 우리가 하노이파도
깨줄 것이라고 기대하게 돼.

말도 마세요,
형님. 진짜 대단했어요.
루나 김 과장이랑 그때 상가
들어와서 행패 부린 놈 둘이서
그냥 싹 밀어버렸어요.

무슨 소리야, 그게?

어떻게 된 거야?

자네 괜찮은가?

이리… 이리 모여들 봐요.
글쎄 내가 여기 정도에 잡혀
있었어요. 그런데 둘이 턱— 하고
나타나는 거야. 나 넘기라고.
캬하! 근데 여기서…

보스! 보스!

하노이파 보스 미토나

뭐야? 이 자식아!

지금 이러고 있을 때가 아닙니다.
빅뉴스예요. 빅뉴스.

빅뉴스라니?

1조는 후문 막고 신호 보내.
그 즉시 단번에 밀고 들어간다.

어디 보자.
18만 원에… 23만 원…

쾅

쓸어버려!

진료실

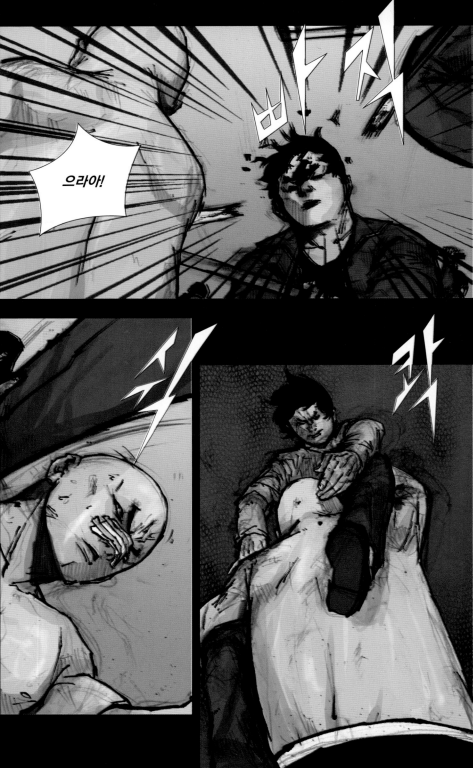

용늪은이 어디 있어?
후문 말고 다른 길이 있어?

왜… 왜 이러십니까?

꾸욱

죽고 싶으면 버텨봐.

안전한 곳으로 모시겠습니다.
걱정 마십시오. 이쪽으로.

...

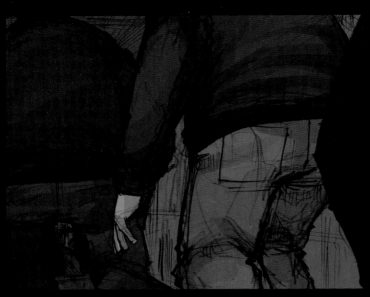

볼일은 다 끝난 줄 알았는데
무슨 일입니까?

낮에 있었던 일을
탓하러 온 것은 아니···오.

글쎄요.

없습니다.

이번엔 늙은이 목을 따나 했더니…

좋아. 그럼 완전히
접수해야지. 상인 놈들 다 깨…

끼익

이 싸움은 길어지면 추해지니
빨리 끝내야 한다.

저벅

저벅

저벅

쳐!

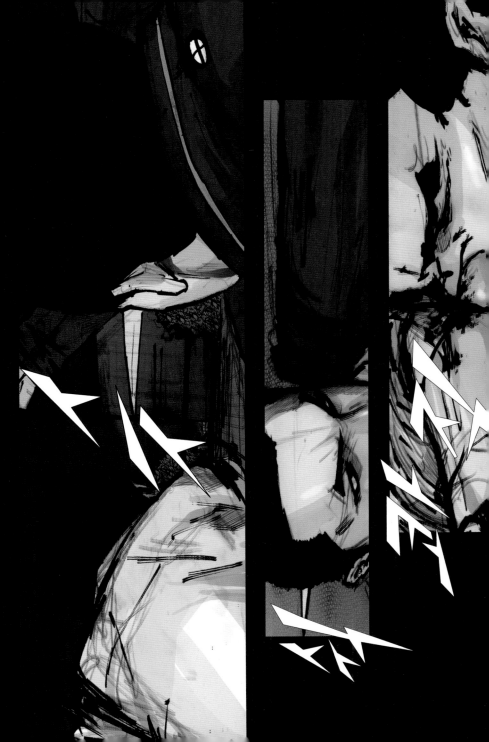

왔어?

예.

살려주십시오…

뒤처리는 영감님한테
맡기도록 하죠.

이놈 영감님 원하는
장소로 데려다주세요.

도박장 폐쇄하고
상가 사람들 건드리지 않는다는
약속 잊지 마십시오.

자… 잠깐!

이제야 깨달았소.

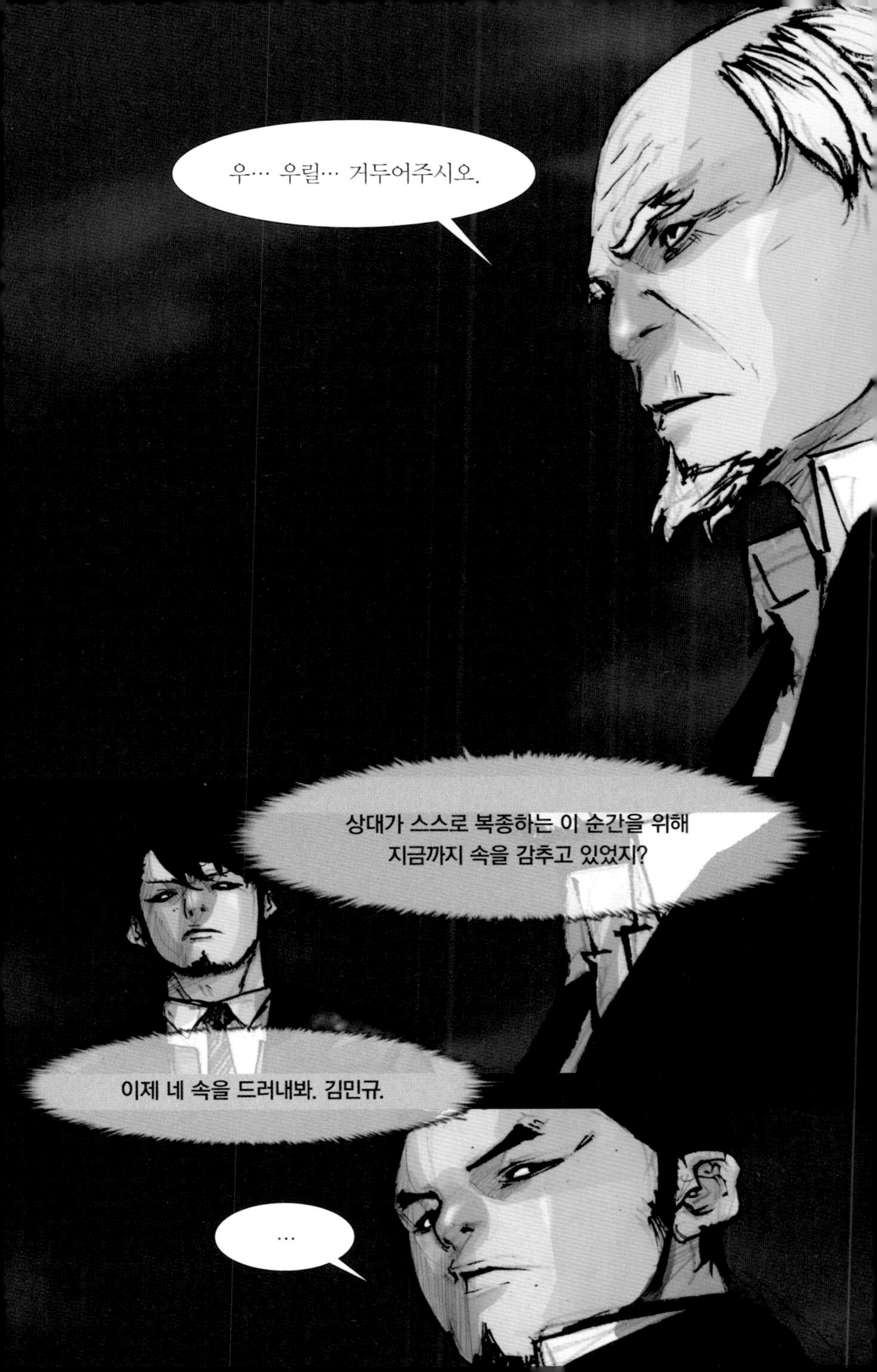
우… 우릴… 거두어주시오.
상대가 스스로 복종하는 이 순간을 위해 지금까지 속을 감추고 있었지?
이제 네 속을 드러내봐. 김민규.
…

그건 어르신 뜻입니까?
마작회 모두의 뜻입니까?

아마도! 하노이파 상권은
대가성으로 한 사장이 가져올 거다.
마작회는 사실상 와해된 상태이고
경쟁이 되지 않지.

그 노인네 입장에서는
지금 우리와 협력하는 게
마작회의 명맥을 이어간다는 걸
알고 있을 거야.

굳이 이렇게 돌아가는 이유가 뭡니까?
그냥 눌러버리지 않고.

노인네가 스스로 제안을 하는 게
모양새가 좋잖아. 체면을 살려주는 거야.
머리가 좋은 사람이면 내 마음을
읽을 것이고 고마워하겠지.

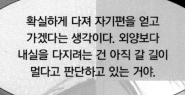

확실하게 다져 자기편을 얻고
가겠다는 생각이다. 외양보다
내실을 다지려는 건 아직 갈 길이
멀다고 판단하고 있는 거야.

굴복시키면 부하가
되지만 마음을 얻으면
진짜 동료가 되는 거야.

알았어요, 알았어.
이 근처가 집인데 내려주십쇼.

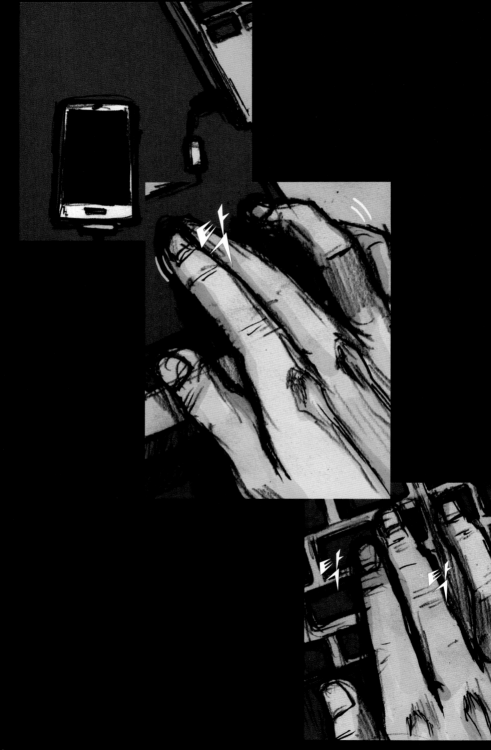

묵창화. 적풍회 파견 하위간부

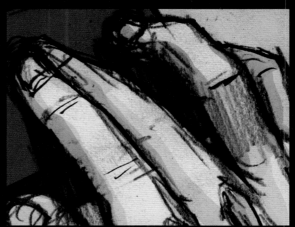

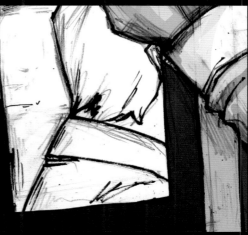

보호?

따 따 따

조카입니다, 삼촌.

뭔가?

확인할 게 있어서요.
묵창화가 에이스 성인오락실의
이권을 적풍회에 보내는 다리 역할입니까?
적풍회 소속입니까?

소속. 우리가 파악하기로는
적풍회가 하노이파의
이권 전체에 개입하고 있어.

묵창화는 적풍회에서
파견한 하위간부다. 하노이파의
수익 중 상당을 적풍회에 보낸다.

이자도 화교입니까?

아니야. 작년에 한국
국적을 취득했어.

그럼 하노이파가 와해되었으니
움직인다는 얘기죠?

알겠습니다.

팔자에 없는 경호원 신세라니…

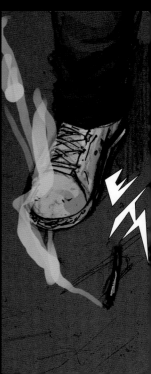

너희였냐?

저… 저기 형님. 화내지 마시고.

화 안 낼 테니 저리 가. 바빠.

쩍

하나 둘 셋!

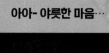아아- 야릇한 마음…

노오란! 샤쓰 입은…

넌 어떻게 된 게
어린놈이 매일 옛날 노래냐?

전 이런 분위기가 좋아요.
할아버지 손에서 자라서 그런가?
어렸을 때 매일같이 틀어댔던 게
이런 노래거든요.

...

애들은 뭐야?

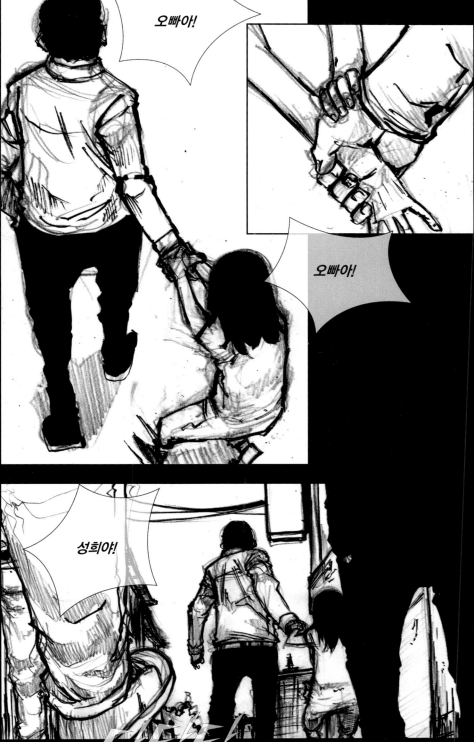

목표물 옆에 가서
총으로 머리를 쏘거나
칼로 목을 그어버리지.
그리고 그대로 도망쳐.

그게 진짜 킬러야.
전혀 킬러 같지 않은 킬러.

혼자이십니까?

네.

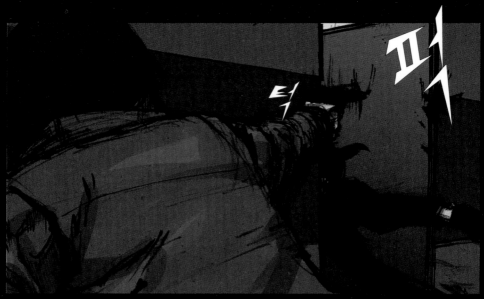

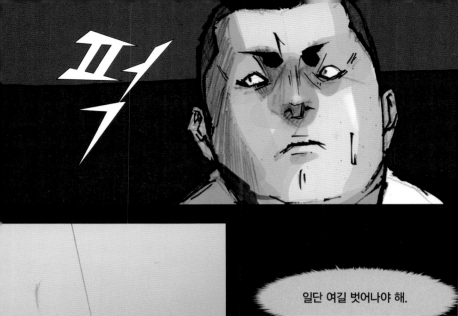

일단 여길 벗어나야 해.

마작회는 해결되었습니까?
예. 우리 쪽에 붙기로 했습니다. 겉으로는 연대지만 사실상 복속입니다. 이제 이사님이 전면에 나설 때가 아닌가 싶습니다.
저도 그래서 하대하는 연기는 그만두기로 했습니다.
그래요. 일단 들어가서 이야기하죠. 머릿속이 복잡해요.

대체 뒤처리 어떻게 하려고
IO를 그따위로 운영하는 거야. 쯧.

경찰에 신고하실 거 아니면
제가 알아서 묻어버리겠습니다.

암습을 한다는 건
비밀리에 날 제거하겠다?
그 말은 아직 정체를 드러내긴 싫다?
정체를 드러내기 싫다는 건 이런 데
얼굴 팔리기 싫다?

이 추론이 맞다면 생각보다
거대한 세력이 하노이 뒤에 있다.
그렇다면 그들을 먹어서 나 역시
단숨에 세력 확장이 가능하다.

없는가 보군. 끌어내지?

예.

자, 잠깐만! 잠깐만!

허락해주십시오, 회장님.
이런 애송이들 기 세워주면
점점 귀찮아집니다.
지금 짓밟아야 합니다.

적풍회 회장 왕리멍

놈들에게 감히
넘볼 수 없는 존재란 게 무엇인지
가르쳐줄 때야. 애들 모아.

예.

그러니까 뭐야?

네가 죽는 건 상관없는데
네 동생 성희는 구해달라?

예.

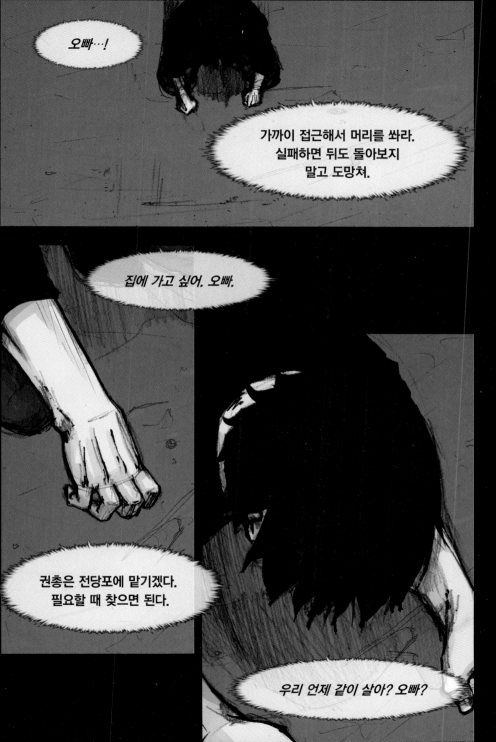

글록?

…

경찰에 신고할까요?

이건 우리가
끼어들어서 좋을 게 없군요.

우당탕

경찰에 신고하고
손 터는 게…

경찰입니다.
협조 부탁드립니다.

응?

조폭 하나 없애는 일에
회사 직원 몇 명이 죽어!

죄… 죄송합니다.

현장에서 사원들 철수시켜.

시행착오? 외국에 나가서
멋지게 스파이짓 하다가 당하는 것도 아니고
고작 조폭 잡는 데 목숨을 잃었어!
이러니 다들 우리를 우습게 보잖은가!

그… 그건…
아직 사업 초기입니다.
약간의 시행착오는…

죄… 죄송합니다.

사업 접으라고 하진 않겠어.
하지만 IO들 다 빼. 파견 나온 경찰에겐
접선 방식만 알려줘. 그렇게 하면 되잖아.

예.

오늘부터 현장에서
직원들 모두 빠진다.

띠리리리

알겠습니다.

자네 신변 곧바로 보호하기
어렵게 됐으니 조심하게.

...

전화와 통신을
이용하는 건 변함이 없어.
단지 자네 주위에 지켜줄
사람이 없어졌다는 거야.

김성현은
어떻게 되었습니까?

킬러 말인가?
우리도 이미 파악하고 있는 인물이야.
적풍회의 인천지부에서 고용하는 놈이지.
소속은 아니야.

그렇군요.

적풍회가 벌이는
총기, 마약 밀거래에 대해서
루트를 알아낼 수도 있겠지.
이쪽은 우리가 알아서 하겠네.

예.

차라리 잘됐군. 매일 나 지켜본다고
주위에서 얼쩡거리는 거 귀찮았는데.

께
익

철컥

모두 몇 명인가?

움직임은?

우린 37명, 안에는
보고 드린 대로 한 명입니다.

유흥주점이라 창문도 없고
여기서는 파악이 안 됩니다.

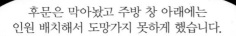

후문은 막아놨고 주방 창 아래에는
인원 배치해서 도망가지 못하게 했습니다.

또, 인근 상인이나 사람들이
접근하지 못하게 골목에 공사 중인 척
바리케이드를 쳐놨습니다.

그래.

혼자라니.
우리가 들어가면 놀라 자빠지겠군.
이런 싸움은 의미가 없는데 말이야.

자초한 겁니다.

하긴. 좋아, 작전 지시하겠다.
들어가서 곧바로 업소 점령하고
밖으로 나갔던 놈들이 들어올 때
안에서부터 모두 쳐서 넘긴다.
이른바 트로이의 목마지.

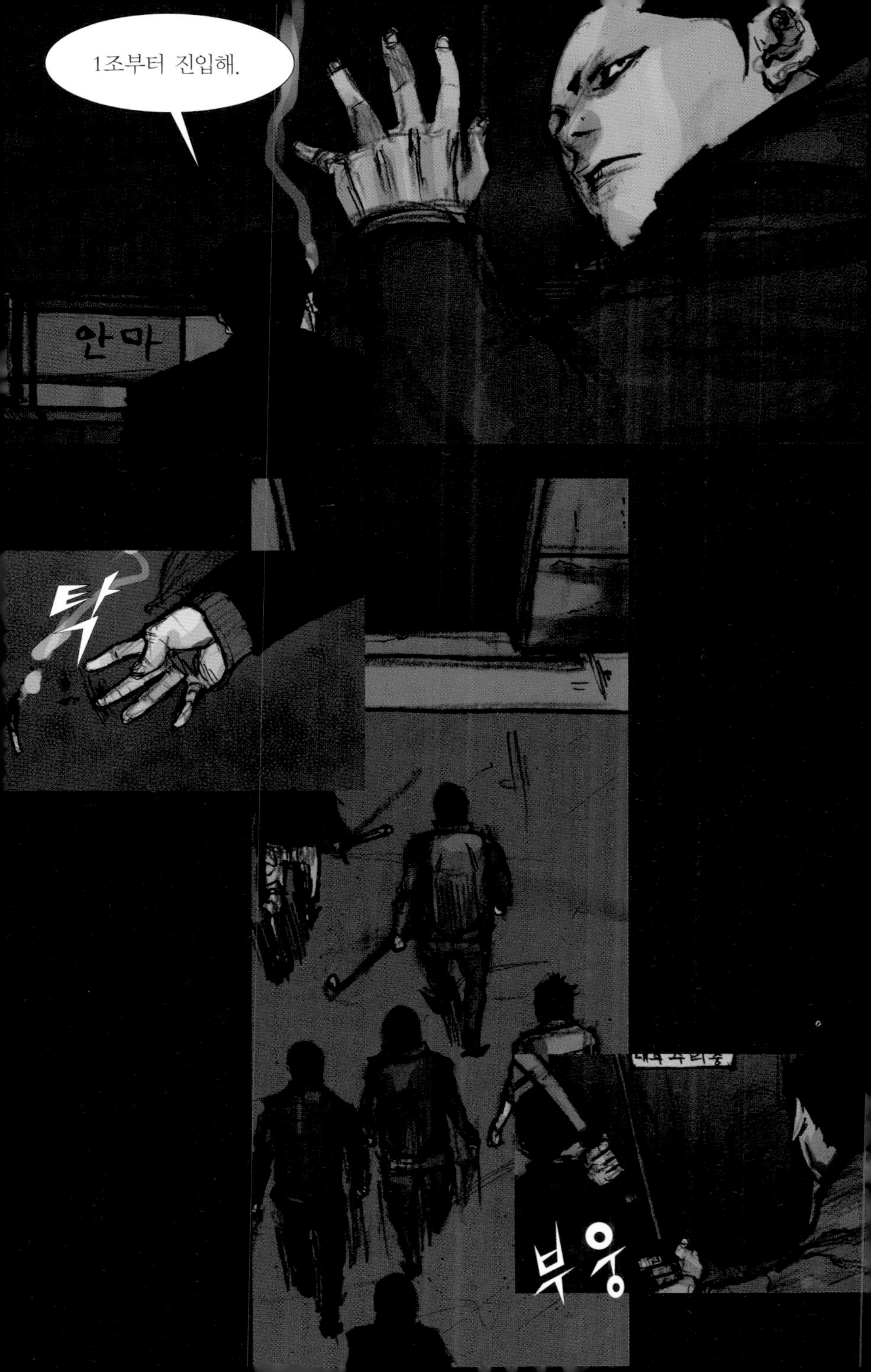
1조부터 진입해.
안마
탁
부웅

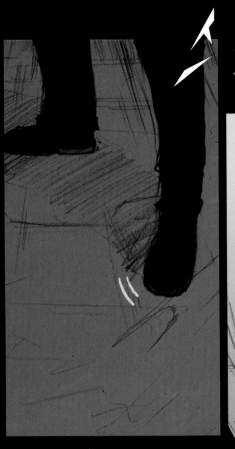

저건…?

싸우겠다는 표시?
어리석군요.

배려는 끝났다. 쳐.

예!

저
벅

콰직

!

컥…

스르륵

후읍!

으라아아!!

제가 상대하지요.

스윽

이… 이놈이.

건방지구나!

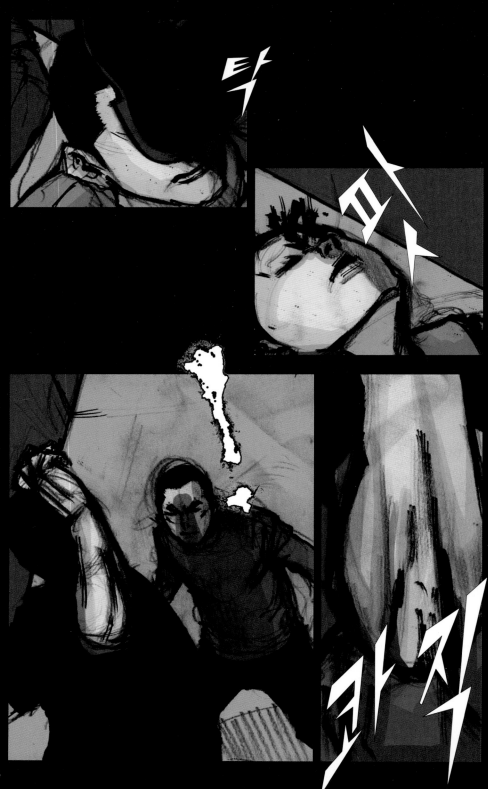

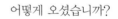

어떻게 오셨습니까?

세리 마담을
만나러 왔다.

마담은 손님 상대를 하지 않으십니다.

손님 아니야.

어쨌든 만나실 수 없습니다.

만나야겠어.

무슨 일이죠?

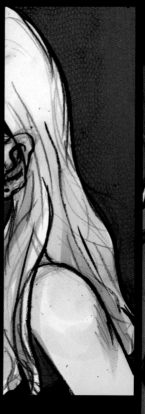

김성희 맞지? 개폼 그만 잡고 가자.
네 오빠가 너 여기서 구해달라더라.

흠… 오빠?

나한테 오빠가 있었던가요?
난 잊었는데?

건 어릴 때고.
지금은 이곳 생활이
워낙 좋아서 말이죠.

어릴 때 잡혀 왔다며?

…

후홋. 그러니까 그냥 돌아가세요.
아니면 술이나 한잔하고 가시든지.

경고하는데 당신은
정말 아무것도 모르는 것 같아서…

살려두는 거니까요.

창화에게 새로운
얼굴마담을 세우라고 지시는
내려놨지만 걸리는 게 많아.

걸리는 거라고 하시면?

우리를 나오라고
건드리는 건지.

탁

우리의 존재를 모른 채 단순히 애들끼리
골목대장 싸움을 벌이는지 판단이 안 서.

만약 한국 기관에서
우리의 움직임을 읽고 건드리고 있는 거라면
인천을 내주더라도 우리의 존재를
숨겨야겠지.

그런데 인천을 내주면
그곳이 곧바로 노출될 수도 있습니다.
그곳은 어떡합니까?

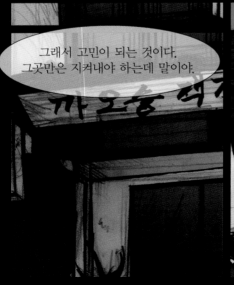

그래서 고민이 되는 것이다.
그곳만은 지켜내야 하는데 말이야.

뭐야? 눈동자가 왜 저래?

손님도 나가주셔야겠습니다만.

왜 살 기회를 주면 꼭
죽겠다고 엉겨 붙는지 몰라.

너 스스로에게 하는 말을
남에게 들려주는 것처럼
이야기하면 안 되지.

뭐?

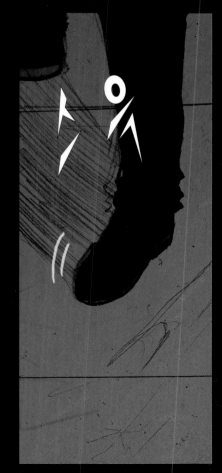

곧 알게 될 거다.

어떻게 된 거야?
쟤들은 적풍에서 특별히
선별해서 보낸 애들인데.

아무래도 여긴 이상하군.
너 뭐야?

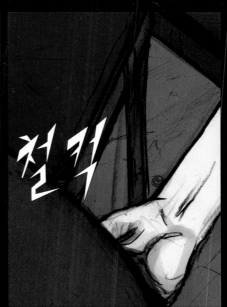

철컥

가까이 오지 마.

획

그걸로 뭐하게?

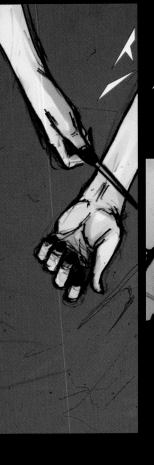

스윽

자살용이야?

예상보다 빨라.
벌써 객잔이 털렸어.

삑

그건 아닌 것 같아.
마담만 데리고 나갔다는군.

알고 친 걸까요?

그럼…? 단순한 사건으로
봐도 되지 않겠습니까?

흐음… 창화에게서는
연락이 꽤 오래 오지 않는군.
머리가 아파.

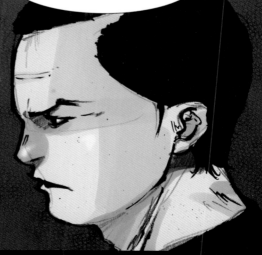

연예인 김모 양이요?

저 보고 마약 사건을
풀게 한 겁니까?

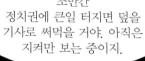

조만간
정치권에 큰일 터지면 덮을
기사로 써먹을 거야. 아직은
지켜만 보는 중이지.

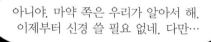

아니야. 마약 쪽은 우리가 알아서 해.
이제부터 신경 쓸 필요 없네. 다만…

그래서 만든 게
이이제이 사업이야.

?

마약 수사만 하면 왕리멍이
꼬리를 자르고 도망갈 거 아냐.
왕리멍을 잡으려면 평범한
방법으로는 불가능해.

나아가서 하루다까지 잡으면
이 사업은 일단락되고 두현파를
끌어낼 수 있다면 금상첨화겠지.

245

마약과 함께
총기 거래도 하나 보군요.

라인?

맞아.
이제 이쪽은 우리한테 넘기고
세력 확장에 치중하게.
특히 라인 쪽으로 유도해.

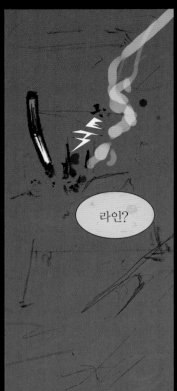

라인클럽이라고 대규모
나이트클럽이야.

이제 젊은이들은 홍대 클럽에 가고
나이트클럽은 중장년층의 놀이터가
되었는데 라인은 20~30대가 많아.

거기다 연예인들도 자주 출입하면서
매출이 점점 확대되고 있어. 김모 양도
여기 출입하다가 마약에 빠져든 거야.

...

짐작하겠지만 라인은
마약을 구입하는 구입처이기도 해.
거기다 적풍회의 자금처지. 라인만 손에 넣으면
적풍회는 무너졌다고 봐도 돼.

라인은 서울에 있습니까?

서울이야.

어쨌든 수고 좀 하라고.
우리도 빨리 사업 끝내고 싶으니까.

응

예. 그럼 김민규한테
가보겠습니다.

음. 아 참.

예?

곁에서 보호하지
못해 미안하네.

괜찮습니다.

예, 이사님. 마작회와 공조해서
에이스 접수했습니다.

루나는 어떻습니까?

완료.

우리가 지켜보고 있던 하노이파와 마작회가
충돌해서 하노이파가 사라졌습니다.

3년 전 서울 동해파 서열 3위.
하지만 모두들 2위처럼 대접하고 있습니다.

이 김민규가 얼마 전
출소를 했는데 인천에 터를 잡고 있습니다.
현재 특별한 움직임은 안 보이지만
마작회 뒤의 실체가 김민규라는
소문이 있습니다.

으응?

어쨌든 그러면서 생긴
변화 중 하나가 에이스 성인오락실이
문을 닫은 겁니다.

거긴 하노이파가
운영하는 곳 아니에요?

아닙니다. 묵창화라는
귀화한 화교가 사장으로 있던 곳인데
한대철 이름으로 거래되었습니다.

묵창화는 행방이 묘연하고 비슷한 시기에
까오승객잔도 문을 닫았습니다.

한대철은 동해파의 잔당으로
현재 루나 단란주점에서 김민규를
고용하고 있습니다.

고용

왜요? 재미가 없어요?

아니요.
그런 게 아니라…
그냥요.

?

그분은 좀 까칠해서
친해지기가 어려워요.
말도 잘 안 하고.
노잼이야. 노잼.

하하.

자, 이제 모텔만 가면
완벽한 데이트죠?

폽-!

깔깔깔… 아이고 배야.
저도 모텔은 싫어요.
이제 농담 안 할게요.

아… 저기, 옷에
커피 튄 거 같은데요?

뭐 어때요?
세탁기 있는데. 헤헷.

흠…

나같이 조폭 관심 많은 검사들은
얘네들 사고 안 치나 예의 주시하는 중이고.
아직 겉으로는 잡아 가둘 만큼 법을 어긴 적 없어.
속은 모르겠지만.

법을 어긴 것 없이
사업을 확장하고 있다면 골치 아픈 거네.
우리나라 입장에선.

그렇겠지. 근데 뭐 몇몇 인사들은
하루다에게 이미 포섭되어 있고.

그게 무슨 말이야?

여야를 가리지 않고 정치권 인사 중에
하루다의 로비를 받고 있는 분들이 많지.

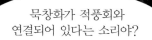

묵창화가 적풍회와
연결되어 있다는 소리야?

그래.

그런 건 우리가
파악할 땐 안 나왔는데?

정황상 그렇게 보인다는 거야.
나도 확실한 증거는 없어.

흠… 인천에서 김민규가
세력을 넓혀가고 있고 서울의 적풍과
관련 있는 묵창화와도 충돌했으니
곧 서울 쪽으로 진출할 수도 있잖아.

그럴 수도 있겠네.

공조수사할래?
인천, 서울 쪽에서 같이
지켜보다가 일제 검거하자.

좋아. 김민규 옆에
동해 잔당은 한대철뿐이야?

아직은. 곧 동해파 잔당들
모여들 거라고 보고 있어.
지금은 한대철이 데리고 있던 인원,
통합시킨 마작회, 어중이떠중이
동네 조폭들로 구성되어 있어.

어중이떠중이건
뭐건 전부 수사해서
자료 나한테 넘겨줘.

오케이.
네가 있어서 든든하네.
협상 끝?

어…

잡아.

동해파 잔당 황일철

김민규 이사님 말이다.

김민규를 찾는 걸 보면 동해파 잔당?
이런 녀석한테 얕보이면 안 되겠지.

김민규? 이사가 아니라
영업과장이다.

왜? 말 짧게 한 건
그쪽이 먼저 같은데.

내가 누군지 모르는가 보구나.
그래. 한 번은 용서해주마.
모르고 한 건 용서받아야지.

난 황일철이다.
이사님을 뵈러 왔다.

3권에서 계속

블러드 레인 2

초판 1쇄 발행 2017년 4월 10일
초판 3쇄 발행 2021년 1월 20일

지은이 민 · 백승훈
펴낸이 김문식 최민석
기획편집 이수민 박예나 김소정 윤예솔 박연희
마케팅 임승규
디자인 손현주 배현정
편집디자인 투유엔터테인먼트 (김철)
제작 제이오

펴낸곳 (주)해피북스투유
출판등록 2016년 12월 12일 제2016-000343호
주소 서울시 성북구 종암로 63, 4층 402호 (종암동)
전화 02)336-1203
팩스 02)336-1209

ISBN 979-11-960128-2-3 (04810)
      979-11-960128-0-9 (세트)